うさぎと潜水艦

朴範信 著

齋藤日奈 訳

制服の男は私の肩をどんと突いて車内に押し込むと灰色のドアを閉めた。

バスは即座に派出所前を出発した。真夏の午後の日差しがきつく照りつけていた。

アスファルトまでべたべたと溶けだしている都心へと、私を乗せたバスはためらうことなく向かっていった。私は乗降口の近くに腰をかがめて立ったまま、まだ座席が半分も埋まっていないバスの中の、様々な格好をした人々を呆然と見回した。

「何をしてるんだ！」

鋭くひび割れた声が背中に浴びせられた。私の肩を突いてバスに押し込んだ制服の男が、空いた座席を指差していた。〈制服〉の目はがっしりした体格に不似合いなほど小さく冷たかった。私はわけもなくうろたえて空いた席におどおどと座った。制服の斜め前の席に、もう一人の制服の男が眠っているのが初めて目に入った。制服

「クソッタレめ。あんたも運が悪かったんだろ。俺も道を渡ってた大勢の中で一人だけ捕まったんだ」

私の隣に座っているひげも髪もむさ苦しく伸びた中年男が低くささやいた。歩道橋が近くにあったのに、気がせくあまり車道を横断したことが災いした。角で見張っていた警官に捕まり、しばらくしてやってきたこのバスに引き渡されて、強制的に乗せられたのだ。軽犯罪を犯した者を乗せて即決裁判所へ運ぶ警察の護送バスだった。バスは霊柩車のような色褪せた灰色をしていた。

「なんて暑いんだ、チクショウ……悪いけど、煙草持ってないか？」

だが男はちっとも悪いと思っていない表情だった。少し酒が入っているらしい。だらしない下宿生の部屋に入ると必ず鼻をつく、すえたような臭いが男から漂ってきた。

私は無言で新灘津*2を一本男に渡した。制服は男が煙草を吸うことには何の関心もないようだった。バスは乙支路*3方面に右折した。

「ほお、新灘津か」

男はすぐに感嘆の声を上げた。

「いまいましい。俺の住んでる町じゃ新灘津を一箱買うなんて夢のまた夢だぜ」

それは事実だった。煙草屋はいつも高価な青磁か天の川でいっぱいだった。思いがけず新灘津が手に入ったとしても一箱だけだった。二箱くれと懇願しても、店主は

冷たくかぶりを振って相手にすらしてくれないのが普通だった。

「チクショウめ。火も貸してもらおうか」

男は新灘津一本をためつすがめつ眺めてからまた言った。私は今朝買った五ウォンのマッチを箱ごと男に差し出した。

本当に暑い日だった。朝から煮えたぎっていた太陽の光は午後になると一層殺気を帯び、皮膚を貫いて心臓に突き刺さりそうだった。バスの内部も同じだった。かっと立ち上る熱気がべっとりと体に絡みつき、息が止まりそうだ。ほとんどの人が目を閉じてぐったりと黙り込んでいた。バスが乙支路三街派出所前に停まった。前を歩いていた二人の女子大生がバスの中を覗き込んでくすくす笑った。

——皆さん、交通秩序を守りましょう。今週は一斉取り締まりを行っておりますが、市民の皆さんのご協力なくしては成果を期待することは困難です。〝都市は線〟であ

* 1 【即決裁判所】 正式な手続きを省き迅速に判決を下す裁判所
* 2 【新灘津】 安価な煙草の銘柄
* 3 【乙支路】 ソウル市中区の主要道路
* 4 【都市は線】 一九六六年に就任したソウル市長が道路建設の拡充を目指して掲げたスローガン

〇〇五

ります。車線を守りましょう！

派出所の屋根に取り付けられた拡声器からけたたましい声が聞こえてきた。バスは派出所の前で、木のくり鉢を頭に載せた中年の女を乗せるとすぐにまた走りだした。

その女は、私とは違い、道端で何か売っていて無断行商の罪名で捕まったらしかった。

「お願いです、おまわりさん。今度だけ見逃してください。あんまり生活が苦しいもんで……二度とやりませんから……」

護送バスに乗せられるや否や〈くり鉢〉は制服に泣きついた。赤黒く日に焼けた顔は汗でてらてらと光り、しわだらけでみすぼらしかった。男が着るような半袖の作業服が汗でべったり背中に張り付いているのが、いかにも貧乏臭く見えた。

「赤ん坊を置いてきたんです、おまわりさん。あの子がどんなにお腹を空かせてるか……ねえ、今度だけ見逃してくれたら……」

くり鉢はもごもごと呟きながら、しきりに頭を下げた。

「名前は？」

制服の表情には変化がなかった。彼は黄色い書類綴りを開き、くり鉢の哀願を黙殺して尋ねた。行き交う車のクラクションが続けざまに聞こえた。

〇〇六

「子供がかわいそうだから言ってるんです。世話する者もいないのに……」

「名前は何かと聞いたんだ！」

制服の目尻が吊り上がった。くり鉢はびくりとしたが、作業服の裾で目頭をぬぐうと、再び両手を合わせて拝む仕草をした。制服の持っている黄色い書類綴りに名前が記された瞬間に、望みが断たれるということをくり鉢は知っているらしい。

「行商に出て十分も経ってないんです。さっさと売って帰るつもりで……」

「いいから名前を言え！」

制服は声を荒らげて書類綴りを手のひらでパンと叩いた。窓から差し込む日差しの中でほこりがぼわっと舞い上がった。くり鉢はたちまちがっくりと肩を落とした。もう希望がないということをようやく悟ったような表情だった。

バスは世運商店街の日陰に入って停まった。大勢の人々が自転車やリヤカーなどと入り交じり、商店街にあふれていた。黄色いタクシーが商店街の前に停まると、人がわっと押し寄せた。タクシーは行き先が同じ四人の客を素早く拾い上げると、人と人の隙間をぎりぎりにすり抜けて走り去った。

私は激しい喉の渇きを感じながら、バスの乗降口で起こったざわめきに目をやった。

〇〇七

顔を火照らせた若い男と、見えそうなくらい胸元を露わにした赤いワンピースの若い女がバスに乗り込んでくるところだった。

「道で言い争ってたんだ。女がひどく強情でね、たぶんコレなんだろうが……」

二人を引き渡した警官が、道路に立ったまま制服に向かって小指を立てて見せながらにやりと笑った。客引きをしようとした女とボサボサ頭の男の間でいざこざがあったらしい。バスは人々を左右にかき分けてのろのろと商店街の前から走りだした。太陽が商店街のガラス窓に反射して容赦なく光を放っていた。

〈赤いワンピース〉は化粧の剥げかけた顔を妙にしかめながら、ハンカチを自分の胸元に突っ込んで汗を拭いた。制服は書類綴りを開きかけて、物欲しそうな顔になってワンピースの胸元を出たり入ったりしているマニキュアの塗られた手を見つめた。それはサウナで熱い蒸気の中から首だけ出した軽薄な男が、サービス嬢の蠱惑的な姿態を眺めて舌なめずりしている情景にそっくりだった。

赤いワンピースは自分に注がれる視線をわざと無視して、座席の背に腕をもたせて斜めに寄りかかった。制服がいやらしい笑いを浮かべて赤いワンピースに声をかけた。制服はくり鉢への態度とは違い、赤いワンピースには穏やかに接するつもりらしかっ

○○八

た。

「道路でケンカしてちゃ駄目じゃないか」

「ううん、だって……」

待ってましたというように、赤いワンピースは一緒に乗ってきたボサボサ頭の青年の方を振り向いた。

「道路を渡ってたら、あいつがあたしに腕を絡ませてきたのよ。真っ昼間から赤い顔をしちゃって。もう、気色悪いったら……」

彼女は不快感を強調してみせるように上体を大きく震わせた。

「へえ、口の達者な娼婦だな」

〈ボサボサ頭〉は笑った。じめじめした地下室から響いてくるような陰鬱な笑い声だった。長髪そのものが犯罪になる世の中だった。ボサボサ頭は女といざこざを起こさずとも、長髪のために捕まって護送バスに乗せられた可能性が高かった。

「あんた、気安く娼婦なんて言うんじゃないよ」

赤いワンピースがボサボサ頭めがけてハンドバッグを振り下ろした。ボサボサ頭は少年のそれをひょいとよけて空いた席に座った。目つきこそ鋭かったがボサボサ頭は少年の

○○九

ように小柄だった。

「娼婦でなければあんたは泥棒だ」

「なんだって?」

「二十年間不本意ながらも守ってきたぼくの純潔を盗もうとした女だからな。フフフ……」

ボサボサ頭は芝居がかった身振りをしてみせた。制服はこの口論を大目に見るつもりなのか、いかつい顎を引いて軽薄な笑みを浮かべていた。

「ぼくは場合によっちゃあ……」

鋭くにらみつける赤いワンピースに向かって、ボサボサ頭は余裕たっぷりにぺろりと舌を出して見せた。本とノートを小脇に抱えているところを見ると、文学か哲学を専攻する大学生のようだった。てんでんばらばらにもつれ合った髪が痩せた彼の額によく似合っていた。

「原稿用紙を買うための小銭に加えてこの持ち重りのする純潔まで、あんたの惨めな生活のためにくれてやることはできる。だが汚らわしい! ぞっとする。あんたに客引きをさせている唾棄すべき現実が、ぼくには手に取るように見えるからだ。その現

実の向こうにあるあんたの知らない構造までもな」

少し酔っているのか、ボサボサ頭は芝居の役者のようなジェスチャーと口調を使った。しかしボサボサ頭の語調には名状しがたいある響きがあった。彼の声にバスの中の雰囲気がピリッとしたようだった。もちろん異を唱える者は誰もいなかった。ブルルン、というバスの振動が、おかしいくらい体の奥底に絡みついてきて、私はぎゅっと目をつぶった。

急に鼻の奥がツンとした。

今朝、門口で石像のようにたたずんでいた妻の大きなお腹が目に浮かんだ。結婚してから五年間、どんな時も誠実に生きてきた従順な妻。そんな妻の態度は、貧しい暮らしをただ運命として受け入れる諦めの念から来ているのだろう。事務所の古ぼけた椅子に座ってからも、またお腹が重くなったと言ってわずかにうつむいていた妻の青白い耳たぶがしきりに思い出された。むしむしと暑かった。年代物の扇風機は机の上の紙一枚も動かせずにパタパタと音をたてるばかりだったし、開け放ったドアからもわずかな風さえ入ってこなかった。

「大変だよ。赤ん坊が逆さになってるらしいんだ。産婆さんを呼ぶか産婦人科に行く

〇一一

かしないと。ただでさえ体の弱い人だから、今にも死にそうだよ」

のび切ったジャージャー麺を平らげた時、同じ家に間借りしている礪山出身のおばさんの息せききった声が受話器から耳に突き刺さってきた。病院へ行くには金が必要だ。だらだらと流れ落ちるほど汗をかいているのに、背筋だけがしびれるほど冷たかった。給料の前借りは断られるに決まっているし、金を無心できそうな相手もいない。とりあえず兄の家に走った。不機嫌な顔をした兄嫁に嫌味を言われながら、ようやく一万ウォンを工面した。産婦人科が一万ウォンぽっちで妻を診てくれるかは皆目わからなかった。歩道橋が近くにあるのにあたふたと車道を横断してしまったのは、そんなこんなで焦っていたせいだった。私を捕まえた警官は、妻が産気づいているという私の言葉に何の返事もしなかった。

妻は人一倍体が弱かった。風邪をひいただけでひと月も寝込む体質だった。腹の中でもがいている逆子のために、妻は今、死の瀬戸際にいるのかもしれない。いや、もしかしたらもう死んでしまったのではないだろうか。真っ赤な血にまみれて不甲斐ない夫をあわれに呼びながら、虚空をつかもうとしてくずおれる妻を思い浮かべると、胸の底から血の塊のようなものが喉元までせり上がってきた。妻のところへ行かねば。

私は反射的に座席からがばっと立ち上がった。ボサボサ頭の方を見ていた制服の視線がさっと私に向けられた。

「お前は何だ！」

制服がどなりたてた。ボサボサ頭の言葉にむかっ腹を立てていたのかもしれない。

制服の鋭いまなざしに射すくめられて私は本能的に視線を落とした。

「な……なんでもありません」

私はたちまちしゅんとなった

「じゃあなぜ立ち上がってこっちをにらんだ？」

「それはその、実は……窓をちょっと開けたいなと……」

苦し紛れに出てきた言葉だが、言ってしまってから胸がどきどきし始めた。私が乗せられる前からバスの窓が残らず閉じられていたことを、初めてはっきりと意識した瞬間でもあった。バスの中が耐えがたいほどの蒸し風呂状態になっているのは、何よりも窓がぴったりと閉じられていたからだ。

「そうか、確かに！ そのとおりですよ。窓を開けましょう！」

私の言葉を引き取ってくれたのはボサボサ頭だった。生気に満ちたボサボサ頭の声

〇一三

が、その瞬間、バスの中のべたついた空気をわっと揺り動かした感じがした。人々がざわめきだした。疲れと無気力に覆われていた人々のまなざしが、輝きを取り戻していた。

そうだ、と私は思った。制服だって他のみんなと同じように暑いに違いなかった。窓が閉まっていることをうっかり忘れていただけだろう。こんな夏の日に窓を閉め切っておく理由など、どこにもないではないか。お前、見かけによらずたいしたもんだな。制服はそう言って笑うかもしれない。

しかし事態はまったく違う方向に転がった。腹を立てたらしく真っ赤になった制服は、私をにらむと素早く近づいてきて、胸ぐらをつかんでぐいと引っ張り上げたのだ。すごい力だった。私は恐怖のあまり慌てて目をつぶり、深く首を縮めた。

「貴様、悪質反動分子だな」

制服の指がきつく首に食い込んできた。

「なんだと、窓を開けよう？ 暑いのは貴様だけだと思うのか？ 俺だって暑いのを我慢してるんだ。貴様のように、窓からでもいいから逃げようと目論んでる悪質反動分子のおかげでな。違反切符を切られた貴様を逃がしたら、裁判も受けさせられない

○一四

し罰金も払わせられない。俺に罰金まで肩代わりしろと言うのか」

その荒い息遣いからすると、制服は本気で私を即座に処刑してもかまわない悪質反動分子と見なしたに違いなかった。制服の強い口調がバスの隅々まで朗々と響き渡ったので、みんなまるで感動でもしたかのような表情になって一斉に息を殺した。誰も制服と目を合わせられなかった。私はなすすべもなく悪質反動分子にされた。制服は力ずくで私の背を座席に押し付けて座らせ、すでに元の無気力な不安感の中に戻っている一同に向かって、今度はしごく重々しい口調で話を締めくくった。

「少しくらい暑くても我慢しなければなりません。法に背いた皆さんと違って、本官は悪いこともしていないのに耐えているのです。それにさっき皆さんが切られたこの切符には通し番号がついていて、抜けている番号があれば本官が困ります。即決裁判所に着くまでは絶対に窓を開けてはなりません！」

制服の威圧的な宣言に、全員が最後まで息を殺していたわけではなかった。反旗を翻したのはボサボサ頭だった。芝居のセリフでもそらんじているかのようなボサボサ頭の言葉が、沈黙の空間に響き渡った。

「法は切符だけで処理されてはならない。我々は切符に記載された通し番号の数字で

〇一五

はなく、与えられた環境の中で暑さを避ける権利をも持つ一個の人間なのだ。窓を

「……」

「うるさい、この野郎！」

私の胸ぐらを放した制服の手が今度はボサボサ頭の髪をわしづかみにした。ボサボサ頭の体が制服の腕で持ち上げられて宙に浮いた。制服の手首に青筋が浮き出るのを私は見た。そして次の瞬間、ボサボサ頭の体は座席と座席の間にたたきつけられた。

「話すのも……許されないんですか……」

投げ飛ばされたボサボサ頭の声に涙がにじんだ。

「なぜ……ぼくたちがこんな蒸し暑さに耐えねばならないのかと……言うこともできないんですか……」

唇でも切ったのか、ボサボサ頭の口元には血がにじんでいた。声音さえぼそぼそとくぐもっていた。制服は怒りを抑え切れない様子で、両腕を広げて自分の胸の筋肉を盛り上げてみせながらみんなを見渡して言った。

「大学生の分際で真っ昼間から酒なんか飲みやがって、こんな連中こそ社会を食い物にする不純分子だ！　大学に行ってるのがそんなに偉いか？」

バスの中は再びしんとした。宣伝用のアドバルーンがビルの林から浮かび上がって灼けるようなバスの窓に映り込んだ。陽光の殺気は相変わらず和らぐ気配がなかった。

バスは乙支路六街を折れて退渓路（テゲロ）へと、再び方向転換をしていた。バスの中の人々はそれぞれ疲れ切った表情に戻り、ボサボサ頭もなすすべなくうなだれた。

「あんたが捕まる前にどっかの靴磨きが一人、この窓から逃げ出したのさ。恐ろしくすばしっこくて捕まらなかった。それであいつが腹を立てて窓を全部閉めさせたんだ。乞食野郎め」

隣の席の中年男が低くささやいた。

大韓劇場が近づいてきた。劇場の正面入り口の屋根の上から、見知らぬ男が一人拳銃を構えて私を見つめていた。「グレート・ギャング・ウォー」と、私はその男の足元に掲げられている映画の題名を小声で読んだ。私は銃口を避けるように首をぎゅっとすくめて目を細めた。

バスの中は相変わらず蒸し風呂のようだった。

しばらくの間沈黙が続いた。塩漬けの白菜のようにぐったりとなった人々の喘ぎ声だけが、バスの空席にまで満ちていた。黒の高級セダンが一台、バスの前にすっと滑

り込んできた。髪を長く垂らした若い女がセダンの中で明るく笑っていた。セダンの窓ガラスが青みがかっているため、女はまるで金魚鉢に閉じ込められたヒレの長い熱帯魚のように見えた。女の隣に背中のがっちりしたスーツ姿の男が座っていたが、女の方に顔を向けていて表情は見えなかった。私はセダンのリアウインドウ越しに、後部座席の二つのヘッドレストを目にして顔を赤らめた。彼ら二人が裸で絡み合っているような錯覚を覚えたからだ。

「あの、また同じ所を走ってるんじゃありませんか?」

バスが大韓劇場を通り過ぎた時、通路を挟んで反対側の座席に座っている老け顔の男がおずおずと指摘した。眼鏡をかけたその男は、ビキニ姿の女優が笑っている表紙の週刊誌で額にかかる日差しをよけていた。

「そうですね。もう三周目じゃないですか?」

背後から誰かが〈眼鏡〉の言葉に応えた。急にまた少しずつざわめきが広がり始めた。確かにこのまま行けば、バスは私が最初に乗せられた派出所の前を通って再び乙支路へ、乙支路三、四、五、六街を通ってまた退渓路六、五、四街を通過し、この大韓劇場前に戻ってくるに違いなかった。乙支路と退渓路を二辺とする長方形の道をた

〇一八

どって都心をぐるぐる回っているわけだ。こうして同じコースを巡回するのは、蒸し暑さと無気力で塩漬けの白菜のようにぐったりした人々を、窒息させるも同然だった。

「法律も守れない連中が、なぜこんなに口ばかり達者なんだ」

待ち構えていたように制服が勢い込んで立ち上がった。汗みずくなのは制服とてもちろん同じだった。急に立ち上がったため、バランスを崩してよろめいた制服を支えたのは赤いワンピースだった。

「あらやだ、転んじゃうわよ」

赤いワンピースが大げさに笑って制服の手をつかんだ。彼女は制服の隣でずっと化粧を直していて、汗で濡れたハンカチをちょうどハンドバッグに押し込んでいたところだった。

「だけど皆さん忙しいんじゃないですか？」

眼鏡が額にかざしていた週刊誌を下ろしながら、不安そうな口調で制服に言い返そうとした。

「あんたは利口な人だと思うんだがな……」

制服は余裕のあるふりをして眼鏡に向かって顎をしゃくり、にやっと笑った。眼鏡

○一九

は顔を背けて窓の外を見た。窓の向こうの都心は灼熱の日差しにすすや排気ガスが交じり合い、ぼやけた灰色をしていた。山猫のようにぎらぎらした目つきで制服はゆっくりとバスの中の人たちを一人一人にらみつけた。

「えー、皆さんがあまりに税金を出し惜しむおかげで、警察のバスは数に限りがあります。この点に関しては本官としても遺憾でありますが、このバスの座席が完全に埋まるまで待つしかありません。何人か乗せただけで、即決裁判所まで行って戻ってきて、また乗せて行って、また乗せて行って……この区域に割り当てられたバスはこの一台だけなのに、そこまでしてあげられるわけがないでしょう？　これは自家用車じゃないんです。おわかりですかね？」

それ以上言い返す者はなかった。自分の説得に満足したのか、制服は肩をそびやかしてみせると、さっきからよだれを垂らして眠りこけているもう一人の制服の隣にどさっと腰を下ろしてしまった。眼鏡は完全に気勢をくじかれたようにうなだれていた。

だが沈黙は長くは続かなかった。泣き叫ぶような声が、重く沈んだ雰囲気をまたもやひっくり返したからだ。

「じゃあいったいいつになったら帰してくれるんですか！」

言葉尻は涙声だった。作業服の裾でしきりに汗と涙をぬぐっていたくり鉢が両手を合わせて拝むような仕草をした。やれと言われればすぐにでもバスの床にひざまずきかねない様子だった。

「お願いです。一度だけ人助けと思って帰らせてください。このままじゃ子供が死んでしまいます。今度だけ……」

「お前ら、なぜこんなに言うことを聞かないんだ！」

制服の顔があっというまにまた赤らんだ。騒ぎが終わったと思った制服は、通路の向こう側に座った赤いワンピースと、ちょうど意味深な視線を交わそうとしていたところだった。立ち上がろうとした制服を引き止めたのは今度も赤いワンピースだった。

「ねえ、やめなさいよ。あんな女、ほっといた方がいいわ」

「ほっとくべきなのはあんたみたいな女の方だ。ちょっと引っ込んでてくれ」

赤いワンピースの愛嬌たっぷりの甘え声を、ボサボサ頭がやり込めた。彼は軽蔑に満ちた目で赤いワンピースをにらみつけて唇を噛んだ。

「あいつ、また何か言ってるわ」

「愛想笑いで武装する必要はない。そんなしゃべり方をしたからってバスから降りら

〇二一

「れるとでも思うのか？」

「お前たちはちょっと黙ってろ」

制服はついに赤いワンピースの腕を振りほどいて立ち上がった。

「おばさん、あんたの家はどこだ？」

「金湖洞です」

「住民登録証は？」

「持ってません」

「なぜ持ってない？」

制服の問いにはくり鉢ばかりでなく私もうろたえた。住民登録証の不所持が犯罪かどうかはわからなかった。だがここで制服が罪だと言えば罪なのだ。私は財布に住民登録証が入っているかどうか慌ただしく考えをめぐらせながら思わず身震いした。

一カ月くらい前のことだった。妻が腹痛を起こしたので大通りまで薬を買いに出かけた。気がせくあまり買い求めた胃薬を手に、バスも通らない路地を午前零時近くに走った。街灯もない路地を勢いよく曲がって立ち止まろうとした時、運悪く見回り中の警官と真っ正面からぶつかった。目から火花が飛んだのと、落ちた薬瓶がパリンと

〇二二

音をたてて割れたのはほぼ同時だった。頭を抱えて倒れていた警官が怒鳴った。「な
んだ、貴様、身分証はあるか？」思わず私が首を左右に振ると警官は怒り狂った声で
また聞いた。「なぜ持ってない？」薬を買いに出かけるのにも身分証が必要なのかと
うっかり聞き返したのが間違いだった。そのせいでとうとう派出所まで連行される羽
目になったのだ。連行の理由は公務執行妨害とのことだった。

「身分証もないんじゃ、見逃したくてもできないな。だから子供の世話でもしてれば
いいのに、なんだってこんな物を持って通りに出てきたんだ」

制服はくり鉢の前に置かれた鉢を爪先で二、三度コツコツと蹴った。

「貧乏で米がないなら、りんごか牛乳で間に合わせろってことですね」

ボサボサ頭が顔を窓の外に向けたまま低い声で皮肉った。制服はボサボサ頭に向
かって顔を険しく歪めたが、何も言わなかった。制服もきっと疲れているのだろう。

彼はボサボサ頭を分別のない青二才と見なしたがっているようだった。

乙支路に入ったバスはすぐにまた世運商店街の前に差しかかった。

＊5【午前零時】　当時は午前零時から四時まで夜間通行禁止令が敷かれていた

路地ごとに人波がいよいよ勢いを増してきたのは、退勤時刻が近づいてきたせいだろう。めまいがするほど晴れ渡っていた空を、黒い雲が突然覆い始めていた。もうすぐ夕立でも降るのだろう。暑さは少しも和らがなかった。和らぐどころかそれは釜の焚き口に燃料をくべたのと同じ効果をもたらした。じっと座っていても背中から胸まで雨に打たれたように汗が流れ落ちた。

誰も捕まった者がいないのか、バスは世運商店街を通過した。軽犯罪法違反で捕まる人数はむしろ減ってきて、空席はまだたくさん残っていた。その空席が想起させるまとわりつくような疲労感のため、バスの中の人たちは一層げっそりしていた。このままいくと蠶島の即決裁判所に着く前に窒息して死にかねなかった。

「まあ、おまわりさん。ちょっと帽子を脱いでこのハンカチで汗を拭いたら?」

赤いワンピースの愛嬌たっぷりの声だけがかろうじて健在だった。制服は赤いワンピースの差し出すハンカチを受け取った。バラの刺繍がついたハンカチだった。制服はようやく相好を崩し、自分の胸元に深く手を入れて汗を拭った。さっきまで赤いワンピースの、今にも見えそうな胸の谷間を何度も行ったり来たりしていたあのハンカチだった。

蠶島*6 蠶島 ＊6

〇二四

「クソッタレ。煙草をもう一本借りるぜ。いまいましくて見ちゃいられねえや、まったく。あの乞食野郎め……」

隣の席の中年男が小声でささやいた。色褪せたアロハシャツの襟に白くふけのたまったこの男こそ、そのうち乞食になる気配が濃厚だった。私はまた無言で、返してもらえる当てもない煙草を男に渡した。

「いやあ、すまんね。チクショウめ、これから即決に行った帰り、一緒に一杯やろうぜ」

いかにも自分がおごるかのような口ぶりだったが、私はその言葉を到底信じられないという目で、煙草を受け取る男の垢じみて節くれだった指を見つめた。きつい労働できたえあげたような手だった。細かな傷跡がたくさんついた、飲み代どころか当座のバス代さえ持っていなさそうな手に見えた。

「この前、土地を千坪ばかり買っといたんだよ。江南にさ」

*6 【蠶島】 ソウル市城東区の漢江に面した地区

*7 【江南】 一九七〇年代から政府主導で住宅地・オフィス用地の開発が進んだ地域

〇二五

私の視線に気づいたのか、男は江南という単語に力を込めて、女といちゃついている制服をちらっとにらんだ。江南か、と私は呟いた。この男も新聞くらいは読んでいるらしい。江南に土地を買うような御仁には見えないし、数年前からあらゆる新聞は寝ても覚めても江南の土地の話題であふれていたからだ。成金と一文無し、どちらも江南で生まれると言われた。開発される地域ではどこでも札束が飛び交うという噂を男も聞いたようだ。

切羽詰まった泣き声が聞こえてきたのは、バスが乙支路から再び退渓路に方向を転じた直後だった。私は振り向いてバスの床にぺたりと座り込んでいるくり鉢を見つめた。初めはかぼそかった泣き声がだんだん大きくなってきた。果てしなく続くかと思われる泣き声だった。

「おい、おばさん。誰か死んだのかい?」

制服がねちっこい口調で言った。くり鉢は座ったままずるずると制服の方に向かってバスの床をはっていった。足を組んで座っていた制服が眉間にしわを寄せた。

「どうか、おまわりさん。これが今日稼いだ全部です。罰金は払うからどうかあたしを帰してください。あの子がかわいそうで……あの子が……」

〇二六

くり鉢は片手でチンと手鼻をかむと作業服の裾で拭った。

くたびれた紙幣と小銭がくり鉢のもう片方の手に握られていた。　私はひどい渇きを感じた。いや、それは痛みだった。ひりひりする痛みが胸から生まれて次第に全身をえぐるように広がりつつあった。　先週だっただろうか。交通費が尽きてしまい、歩いていく気で家を出た私に、妻が台所の隅にある素焼きの器に貯めてあったくすんだ小銭を持ってきて握らせてくれた。その時に覚えたのとそっくり同じ痛みだった。

「でもなあ。おばさんだけ大目に見てやるわけにはいかんのよ」

「家には赤ん坊だけなんです。やっと寝かしつけて出てきたのに……」

バスの床にひざまずいていたくり鉢が手を合わせて頭を下げた。深い絶望とひっきりなしにこみ上げる嗚咽のせいで、くり鉢は今にも失神して倒れそうだった。

「子供はそんなに簡単に死なないわよ、おばさん！　そうでしょ、おまわりさん？」

口紅を塗り直していた赤いワンピースが口を挟んだ。

「家には赤ん坊だなんて……まったく、冗談がお上手ね」

「ほう、するとあんたもひょっとして子持ちかい？」

「まあ！　子持ちだなんて……まったく、冗談がお上手ね」

「こりゃまいったな」

制服は何がまいったというのか、大きな体を前後に揺らしながらひとしきりくすく

す笑っていた。泣くのにさえ疲れたのか、くり鉢はバスの床に座り込んだまま膝の間

に顔をうずめていた。泣くのにさえ疲れたのか、バスの中の誰もが、疲れているのは同じだった。わずかなりと

も元気が残っているのは制服と赤いワンピースだけだった。

「あの、おまわりさん」

大声で制服を呼んで再び立ち上がったのはボサボサ頭だった。泣いていたのだろう

か、ボサボサ頭の目も潤んで見えた。ボサボサ頭はこみ上げるものをこらえているの

か、制服を呼んでからしばし黙って唇を舌で湿らせていた。みんな見ないふりをしな

がらボサボサ頭に注目していた。

「潜水艦の話を知ってますか？　昔、潜水艦ではどうやって艦内の空気中の酸素濃度

を見極めていたか……」

一風変わった質問を若い学生たちに投げかける教師のような、冗談めかした微笑が

ボサボサ頭の青ざめた唇に浮かんだ。隣の席の中年男は眠っていた。

「うさぎを乗せたんだそうです。そしてうさぎの呼吸に異状がみられるようになって

から六時間をタイムリミットにしたんです。言い換えるとうさぎが喘ぎ始めて六時間

〇二八

後には、みんな窒息して死ぬってことです。その最後の六時間のうちに何の措置も取らなければおしまいってわけです。わかりますか？　今は正確に言ってうさぎが喘ぎ始めてから五時間目です。さあ、あと一時間残っています。どうしますか？」

「俺を怒らせる気か？」

制服の目尻が吊り上がった。制服は疲れていたのだろう。がばっと立ち上がってボサボサ頭の胸ぐらをひっつかむ代わりに、座ったままボサボサ頭の視線だけを跳ね返すようににらみつけていた。私の喉はさっきから渇きっぱなしだった。水を飲まなければ喉が焦げてしまうのではないかと思うほどの激しい渇きだった。

「フフッ、わからないだろうな。あんたは最後の六時間が完全に過ぎ去るまで何も気づかずにいる愚かな艦長だ」

ボサボサ頭がにやにや笑った。

「なんだと、この野郎」

我慢できなくなった制服がついに憤然と立ち上がった。まさにその瞬間、キキーッという音がしてバスが停まった。バランスを崩した制服の手を、今度も赤いワンピースが素早くつかんだ。泌尿器科の看板が掲げられた十字路の前でバスが信号に引っか

かって急停車したのだった。

ひょろりと背の高い黒人GIの隣で、悲しいほど小さな女が黄色い顔をして小走りにバスの前を通り過ぎていた。その向こうを、信号待ちをしていたタクシー、バス、自家用車、トラック、またタクシー、バス、三輪自動車の行列が信号に従って道路をせわしなく横切り始めた。都市の片側が一瞬のうちに崩れ、すべてのものがもう一方へとどよめきながら真っ逆さまに落ちていくみたいだった。交差点の中央に立って腕を振っている交通警官の姿がまるでマネキンのように見えた。制服は日がな一日同じ動きだけを繰り返しているその交通警官に手を上げて挨拶を交わした。

やがて信号が青に変わった。

横切っていく車の行列が黄色いタクシーを最後に途切れると、ガクンとバスが動き始めた。その時だった。しぶとくまとわりついて皆の喉を絞め上げる蒸し暑さをいっぺんに振り払うほど、驚くべき事態がバスの乗降口で起こった。乗降口の床にうずくまっていたくり鉢が、バスが走りだす瞬間にドアをパッと開け放ち、弾丸のように歩道に飛び降りたのだ。飛び降りた勢いで転びそうになったくり鉢がなんとかバランスを立て直し、群衆をかきわけて遠ざかっていくのが窓の向こうに見えた。

〇三〇

「おお、栄光の脱出だ！」

制服が乗降口から身を乗り出したのと、ボサボサ頭が手をたたいて歓声を上げたのはほぼ同時だった。拍手したいのをこらえた私の手の甲にも血管が浮き上がった。バスは後ろから押し寄せてくる車の波のせいで停まることもできず、そのまま交差点を渡りつつあった。開け放たれた乗降口の手すりをつかんでくり鉢を見やる制服の目が殺気を帯びた。くり鉢の姿はもう人波にさえぎられて見えなかった。

交差点を渡ったバスが路肩に寄って停まった。

制服はそれまで座席にもたれて眠り込んでいたもう一人の痩せこけた制服を起こして、衛兵のように乗降口に立たせると、敏捷に飛び降りた。怒りで息を弾ませていたようではあるが、彼の身のこなしには飢えた猛獣が獲物を発見した時のような力強い活気が漂っていた。彼は驚くべき速さで横断歩道を渡っていった。

私はごくりとつばを飲んだ。

緊張の瞬間が過ぎた。しかし信号がもう一度変わった直後、人々の間から軽いうめき声が漏れた。十字路の真ん中に立っていた交通警官と制服が、よろめくくり鉢の両側から腕をがっしりと抱え込み、横断歩道の前に再び姿を現したからだ。交通警官が

〇三一

一足早く追いかけてくり鉢を捕まえたらしかった。

「手を焼かせるんじゃない！」

横断歩道を渡ってきた制服が、手荒にくり鉢の背を突いてバスの中に押し込みながら吐き捨てた。くり鉢が乗降口の階段につまずいて転び、床に手を突いた。ボサボサ頭がくり鉢を助け起こした。居眠りから覚めた隣の席の中年男が、聞き取れないほど小さな声で「クソッタレ……」と呟いてまた目を閉じた。

「すみません、どうか見逃してください」

「おとなしく座っていればすぐ帰れるのに、どうしてこんなに手こずらせるんだ」

くり鉢がぐずぐずとまた泣きだした。バスは乗降口を固く閉じて再び走り始めた。制服は乗降口のドアに背をもたせかけて立ち、勝ち誇ったように乗客一人一人を眺め渡した。さあ、誰でも逃げられるものなら逃げてみろ。制服の目つきにはそんな気迫が満ちていた。皆は制服の殺気を帯びた視線を避けておどおどと目をそらした。

「ちょっといいですか。警察のバスはどこに停めても道路交通法に引っかからないんですか？」

やっぱりボサボサ頭だった。彼だけが制服の視線を恐れることなく堂々と受け止め

〇三二

ていた。何度目だろうか、バスはまた退渓路に向かって方向転換しているところだった。

「やい、このガキ！」

制服が声を荒らげた。

「ガキ、ガキって言わないでください。生まれた時から大人だった人はいませんよ」

「この野郎！」

私が振り向いた時は、もう制服はボサボサ頭の首根っこをつかんで立たせていた。いや、立たせているというよりも、ボサボサ頭の体全体が制服の手にだらんとぶら下げられていた。ボサボサ頭の喉と制服の手の甲にくっきりと浮かび上がった血管を私は見た。それでもボサボサ頭は相変わらず余裕の表情だった。制服をひたと見据えていたボサボサ頭が先にニッと笑った。

「なにを笑ってやがる！」

制服の拳がボサボサ頭の顔面に飛んだ。ボサボサ頭はあまりに小柄で貧相な体格をしていた。よろめく間もなくボサボサ頭の体は、座席の間の狭い隙間に勢いよく挟まった。鼻血が出たのか、ボサボサ頭の口元がみるみる血に染まった。

「うう……もう我慢できない！」

よろめきながら立ち上がったボサボサ頭が泣きわめいた。

「息が詰まりそうな……牢獄に閉じ込められて……誰もが……喘いでいるばかりだ。ぶち壊さなきゃ……うう……」

ボサボサ頭がバスの窓ガラスを拳で思いきり殴った。窓ガラスはびくともしなかった。ボサボサ頭の激昂に、制服はどうしたらいいかわからずしばし呆然とした表情になった。その隙を突いてボサボサ頭の手が今度はくり鉢の抱えていた鉢から何かをつかみ出し、再び窓ガラスを強打した。がしゃん、鋭い音と共にボサボサ頭の手から血が飛び散った。割れた窓から涼しい風がさあっと流れ込んできた。それは驚くほど新鮮な風だった。

「そうだ、窓を開けるんだ！」

「そうだ！　そのとおり！　このままじゃ……俺たちみんな窒息して死んじまう！」

最初に声を上げたのは眼鏡で、眼鏡の言葉を他の誰かが引き継いだ。誰からともなく人々が座席を立ったため、バスの中は突然大混乱となった。窓さえ開ければ助かるとばかり人々は一斉に窓にとりついた。開かなければ頭突きをしてでも残らず窓ガラ

〇三四

スを割ってみせるという勢いだった。耳障りな金属音と共にバスが急停止したのはちょうどその瞬間だった。窓にとりついていた人々がもつれ合って一斉にひっくり返ったのと、驚愕に満ちた悲鳴が聞こえてきたのはほぼ同時だった。

「人が轢かれた！」

「女だ！　子供もいる。あの血を見ろ！」

青信号になったのを見て横断歩道を渡っていた、子供を抱いた若い女が、護送バスに轢かれたのだ。制服が慌ててバスのドアを開けて道路に飛び降りた。母親の腕から放り出された子供が日光で溶けたアスファルトの真ん中でびくびくもがいていた。鉄の棒で後頭部を殴られたようにめまいがしてきた。いったい私は何をやっているのだろう。私は声にならない声で叫んだ。妻は逆さになってあがいている胎児のために、体が裂けて死にかけているかもしれない。いや、ひょっとすると妻はすでに真っ赤な血にまみれて死んでいるのでは。妻のところへ行かなければ！　私は皆が押し寄せてわめきたてている乗降口へと向かって、はいつくばりながら必死に進み始めた。

どどどどっ、ついに大きな雨粒が落ちてきた。

〇三五

訳者解説

　本作「うさぎと潜水艦」は軍事政権下のソウルで、軽犯罪で捕まった「私」を語り手に、即決裁判所に連行されるバスの中での出来事を描いている。一九六三年から足かけ十七年間にも及んだ朴正熙の独裁政権が、国民の生活に様々な抑圧を加えていた社会の一断面である。「私」の次にバスに押し込まれた中年の女は、道端で行商をしていて捕まった。そのあとに乗り込んできた若い男女は、路上で言い争いをしていて捕らえられた。他にも男子の長髪、そして女子のミニスカートなど、現在の私たちから見れば実に些細な理由で即決裁判にかけられた。夜間通行禁止令が敷かれていた時代で、零時から午前四時までの間に一般人が戸外にいるだけでも連行された。

　「私」が捕まった理由は車道の横断である。

　「うさぎと潜水艦」が世に出る前年の一九七二年に改正された韓国の道路交通

〇三六

法第十条第二項によれば、「歩行者は（中略）横断歩道が設置された道路ではその横断歩道を横断しなければならない」とし、違反者には罰金を科すと定めている。

現在でも韓国では横断歩道を無視して車道を横断すると罰金を取られる。一九五三年に朝鮮戦争の休戦協定が結ばれたあとも、北朝鮮と緊張状態にあり、有事の際には滑走路として使用できるよう道路を広く作ってある。歩行者がみだりに横断すると事故が起こりやすいという事情もあるだろう。

朝鮮戦争（一九五〇～五三年）で荒廃したソウルには、一九五〇年代から板子村と呼ばれるスラムが形成されていた。日本の植民地支配の終結により海外から大挙して帰国した同胞や、国土分断によって北から逃れてきた難民がソウルにあふれた。一九六六年にソウル市長に就任した金玄玉は、都市整備に着手した。本作中に引用されている「都市は線だ」というスローガンの下に、精力的に道路の建設を進めた。都心と外郭を結ぶ放射線道路、外郭と外郭を結ぶ循環道路が開設され、世宗路、太平路など都心の主要幹線道路が拡張された。

また、スラムの住民たちに住居を与えて移住させることも急務だった。「ブル

ドーザー」と呼ばれた金市長は、大きな道路を通し、違法建築物を撤去して団地を作り、みるみるうちにソウルの街を整備していった。作中に登場する世運商店街も、金市長の号令の下に一九六八年に完成した建築群である。宗廟から南山近くの忠武路まで延びた、韓国初の住商複合ビルだ。作品が描く時代には、韓国唯一の総合家電専門店街であり、また有名人も多数入居するソウルのランドマークだった。一九七〇年頃から江南などの開発が進み、さらに老朽化でさびれていた世運商店街を、二〇一七年にソウル市は「タシセウン（再び世運）」というコンセプトでリニューアルして、今ではソウルの新名所になっている。

経済的な発展のために民衆の自由を抑圧したいわゆる「開発独裁」のさなかに書かれた本作には、独裁政権への痛烈な批判が込められている。半世紀を経て読むと、韓国現代史に触れるとともに、そこに垣間見える人々の暮らしも興味深い。作中で「私」の隣の席の男が手に入りにくいとぼやく「新灘津」六十ウォンに対して、「天の川」は百五十ウォンだった。専売庁は売り上げ目標額を達成するため、この高級煙草を売ろうとあの手この手を使ったようだ。一九七二年五月の中央日報には、「既存の煙草の品質が低下したのは新商品を売るためではないか

○三八

と非難が集まっている」という趣旨の記事がある。ある小売店が管轄専売署に抗議したところ、「小売商の許可を取り消す」と脅されたというエピソードも載っている。

一九四六年生まれの著者朴範信（パクボムシン）は、一九七三年、中央日報の新春文芸に「夏の残骸」が入選して文壇にデビューを果たした。「夏の残骸」の原形は彼が初めて書いた「この陰鬱な光の残骸」という小説で、本人は気に入らずに放置していたものを妻のたっての希望で応募したという。

当時中央日報では新春文芸のシーズンになると、文学担当以外の記者も手分けして本選に残す小説をふるいにかけていた。一度は予選に落ちた「夏の残骸」を、文学担当の記者が目にとめて本選に残したというエピソードが伝えられている。

同じ年に応募した「うさぎと潜水艦」は落選だった。入選の報を受けた際に素直に喜べなかった心情を、ウェブ雑誌「大山文化（テサン）」の二〇〇九年夏号で著者はこう回顧している。

「私という火炎瓶をあの時代の真ん中へまっすぐに投げ込む窓になると信じた他

〇三九

の作品が落選して、自意識の塊がつくり出した無意味な（当時の私はそう思っ
た）『夏の残骸』がなぜ当選したのか、その時の私としてはよく理解できなかっ
たからだ。（中略）当時は暴圧的政治権力が新聞記事にまであれこれ口を出して
いた時だったから、たとえよく書けていたとしても、あの頃の私の理念に従って
書いた小説が当選することは難しかっただろう」

　著者は「夏の残骸」の入選を機に上京したもののなかなか原稿の依頼が来ず、
国語教師を続けながら作品を書き続けた。ようやく本作を収録した小説集『うさ
ぎと潜水艦』が出版されたのは一九七八年だった。一九八一年には近代化という
名分を掲げて国民を丸め込み抑圧する政権の姿を描いた長編「冬の河の西風」で
大韓民国文学賞の新人部門に選ばれる。「永遠の青年作家」と呼ばれて大衆的な
人気を博したが、一九九三年に突然絶筆を宣言する。三年間の沈黙を破って一九
九六年文学トンネに中編「白い牛が引く荷車」を発表してからは、自然と生命に
関する描写に重点を置くようになる。二〇〇一年には、ゴルフ場の建設が平和な
田舎の村に引き起こす葛藤を描いた「かぐわしい井戸の話」で金東里(キムドンニ)文学賞を受
賞。二〇〇三年に、断章から成る構成が特徴的な長編「汚れた机」で萬海(マネ)文学賞

を受賞する。二〇〇五年の長編「ナマステ」ではネパールから来た移住労働者と韓国人女性との愛と、外国人労働者が置かれている劣悪な環境をつぶさに描き、多文化社会における相互理解の必要性を説いて韓戊淑文学賞に選ばれた。二〇〇九年には朝鮮で初めての精巧な全国地図「大東輿地図」を作成した金正浩（キムジョンホ）の人生を描いた「古山子（コサンジャ）」で大山文学賞を受賞している。「古山子」、老齢の詩人が女子高生に抱く恋情と弟子の葛藤を描いた「ウンギョ」は映画化された。

邦訳としては「罠」が『韓国現代短編小説』（安宇植訳、中上健次編、新潮社一九八五年）に収録され、一九八九年に角川書店から『掟』（安宇植・林昌夫共訳）が出版されている。

二〇一六年にコンテンツ配信サイトのカカオページで連載された長編「流離（ユリ）」では、著者初のファンタジーに挑戦している。インタビューに答えて著者は「ようやく本当の作家になった感じがする」と述べている。若い読者が大部分であるこのモバイルページで九万人以上の読者を獲得したことは、彼の作品がいまだに古びていないことの証明だろう。激動の時代の貴重な生き証人である彼の作品が、もっと日本語で読めるようになることを願う。

著者

朴範信（パク・ボムシン）

1946年、忠清南道論山生まれ。

1973年の中央日報新春文芸に「夏の残骸」が入選して文壇に登壇。

同じ年の新春文芸に応募していた本作「うさぎと潜水艦」も

1978年に出版された。

1981年に長編「冬の河の西風」が大韓民国文学賞新人部門に選ばれ

大衆的な人気を博したが、1993年絶筆を宣言する。

1996年に3年間の沈黙を破り中編小説「白い牛が引く荷車」を

発表して以降は次々と新作を発表し、萬海文学賞、韓戊淑文学賞、

大山文学賞などを受賞している。

邦訳に『掟』（安宇植・林昌夫共訳、角川書店、1989年）などがある。

訳者

齋藤日奈（さいとう　ひな）

1968年生まれ。埼玉大学教養学部卒業。

日・韓両国で日本語教師を務めたのち、

2008年以降数々の韓国ドラマの字幕翻訳に携わる。

第3回「日本語で読みたい韓国の本　翻訳コンクール」にて

本作「うさぎと潜水艦」で最優秀賞受賞。

토끼와 잠수함

제복의 사내는 나의 어깨를 탁 쳐서 밀어넣고 회색의 문을 닫았다.

　버스는 곧 파출소 앞을 출발했다. 한여름 오후의 햇빛은 날이 잔뜩 서 있었다. 아스팔트조차 찐득찐득 녹아들고 있는 도심지로 나를 태운 버스가 거침없이 굴러들어갔다. 나는 엉거주춤 출입구 근처에 선 채 아직 반도 메워지지 않은 버스 속의 갖가지 차림을 한 사람들을 멍하니 둘러보았다.

　"뭘 하고 있어!"

　뾰족하게 갈라진 목소리가 등을 때렸다. 어깨를 쳐서 밀어넣은 제복의 사내가 내게 빈 좌석을 가리키고 있었다. '제복'의 눈은 건장한 체격에 비해 형편없이 작고 차가웠다. 나는 괜히 허둥대며 빈 의자에 조심스럽게 주저앉았다. 제복 옆의 앞자리에 또다른 제복의 사내가 잠들어 있는 게 비로소 눈에 들어왔다.

　"빌어먹을, 당신도 재수가 없었겠지. 나도 여럿이 길을 건넜는데 혼자 걸려들었다오."

　옆에 앉은 텁수룩한 중년남자가 나직이 말했다. 육교를 두고

도 마음이 바빠 도로를 무단횡단한 것이 화근이었다. 길목을 지키고 있던 순경에게 붙잡혀 있다가 잠시 후 다가온 이 버스에 인계되어 강제로 태워진 것이었다. 경범죄를 저지른 자들을 태워 즉결재판소로 실어 나르는 경찰의 호송버스였다. 버스는 장의차처럼 색 바랜 회색이었다.

"무슨 놈의 날씨가 이렇게 삶아대는지 원…… 미안하지만 담배 가진 것 있소?"

그러나 남자는 조금도 미안한 얼굴은 아니었다. 술을 약간 한 모양이었다. 게으른 자취생의 방문을 열면 으레 맡게 되는 그런 냄새가 남자로부터 스멀스멀 건너왔다. 나는 말없이 '신탄진' 한 개비를 남자에게 건넸다. 제복은 남자가 담배를 피워 무는 일엔 아무 관심도 없는 듯 보였다. 버스가 을지로 쪽으로 우회전하고 있었다.

"허어, 신탄진이네."

남자는 단번에 감탄했다.

"빌어먹을, 나 사는 동네에선 신탄진 한 갑 사기가 하늘의 별 따기 같다우."

그건 사실이었다. 담뱃가게는 늘 청자나 은하수만 만원이었다. 어쩌다 눈먼 신탄진이 한 갑 걸려들어도 단지 한 갑일 뿐이

었다. 두 갑만 달라고 사정을 해도, 저쪽에선 으레 냉랭히 도리질하며 말상대조차 안 해주는 게 보통이었다.

"빌어먹을, 불도 좀 빌려주셔야겠소."

남자는 신탄진 한 개비를 이리저리 굴려보다가 또 말했다. 나는 아침에 산 오원짜리 성냥을 통째로 그에게 내밀었다.

정말 더운 날씨였다. 아침부터 들끓던 태양은 오후로 접어들면서부터는 더욱 살기를 띠고 아예 살가죽을 뚫고 들어와 심장에 박히는 것 같았다. 버스의 내부도 마찬가지였다. 확확 치닫는 열기가 끈끈하게 조여와 숨이 막힐 정도였다. 사람들은 거의 눈을 감은 채 잠잠히 늘어져 있었다. 버스가 을지로3가 파출소 앞에 멎었다. 앞을 지나던 여대생 두 명이 버스 안을 들여다보며 키들키들 웃었다.

─여러분, 교통질서를 지킵시다. 이번 주는 집중단속하고 있으나 시민 여러분의 협조 없이는 성과를 기대하기 어렵습니다. 도시는 선입니다. 차선을 지킵시다!

파출소 머리의 확성기에서 요란한 소리가 들려왔다. 버스는 파출소 앞에 억류돼 있던 함지박을 인 중년 여인을 더 태우고 이내 다시 출발하였다. 함지박을 인 중년 여인은 나와 달리 길가에서 무엇을 팔다가 무단행상의 죄목으로 붙잡힌 모양이었다.

"아이고 나리, 한 번만 용서혀줘유. 워낙 살기 힘들어서……
다시는…… 안 그럴 팅게로……"

호송버스에 태워지자마자 '함지박'은 제복을 향해 우는 소리
부터 했다. 검붉게 변색된 얼굴은 번질거리는 땀으로 젖어 꾀죄
죄하게 구겨져 있었다. 사내들이나 입음 직한 반소매 작업복이
땀에 절어 함지박의 등에 착 달라붙는 게 아주 을씨년스러워
보였다.

"젖먹이를 두고 나왔유, 나리! 새깽이가 월매나 배가 고파 자
지러질지…… 글씨, 한 번만 용서혀주시면……"

함지박은 징징거리며 연신 허리를 조아렸다.

"이름이 뭐요?"

제복은 표정의 변화가 없었다. 그는 노란 서류철을 펴들고 함
지박의 애소를 묵살한 채 물었다. 질주하는 차들의 경적 소리가
연방 들렸다.

"새깽이가 불쌍혀서 그려유, 돌봐줄 사람도 읎는디……"

"이름이 뭐냐고요!"

제복의 눈꼬리가 위로 치켜올랐다. 함지박은 움찔했으나 작업
복 끝자락으로 눈시울을 훔쳐내며 다시 한번 두 손을 모아 비
는 시늉을 했다. 제복이 들고 있는 노란 서류철에 이름이 기재

되는 순간 희망이 없을 거라는 걸 함지박은 알고 있는 눈치였다.

"나는 거기 나온 지 십 분도 안 됐유. 그저 후딱 팔고 들어갈 생각만 앞서갖고……"

"빨리 이름이나 대요!"

소리치며 제복이 손바닥으로 서류철을 탁, 내리쳤다. 창을 헤집고 들어온 햇빛 속으로 먼지가 뽀얗게 피어올랐다. 함지박은 단번에 기가 죽었다. 더이상 희망이 없다는 걸 비로소 확인한 표정이었다.

버스는 세운상가 그늘에 묻혀서 정지했다. 수많은 사람들이 자전거 손수레 등과 뒤섞인 채 상가 좌우에서 들끓고 있었다. 노란색의 택시가 상가 앞에서 멎자 사람들이 우, 몰려들었다. 택시는 행선지가 같은 네 명의 손님을 재빨리 주워담고는 사람들 사이를 아슬아슬하게 피하며 그곳을 떠났다.

나는 깔깔하게 목구멍이 타드는 걸 느끼며 소란스러워진 버스의 출입구로 시선을 돌렸다. 얼굴이 발갛게 상기된 젊은 남자와 가슴이 넘어다 보일 만큼 노출증이 심한 빨간 원피스 차림의 젊은 여인이 버스 출입구로 들어서고 있었다.

"도로에서 싸우고 있었소. 여자가 어떻게 억센지 원, 아마 이

런 것 같은데……"

두 사람을 인계하고 난 순경이 가로에 선 채 제복을 향해 새
끼손가락을 들어 보이고 히죽이 웃었다. 호객행위를 하려던 여
자와 더벅머리 사이에 시비가 붙었던 모양이었다. 버스는 들끓
는 사람들을 좌우로 가르며 서서히 상가 앞을 벗어났다. 태양이
상가 유리창에 부딪쳐 비정하게 빛나고 있었다.

'빨간 원피스'는 화장이 얼룩진 얼굴을 묘하게 찡그리며 손수
건을 제 가슴으로 밀어넣어 땀을 닦았다. 제복이 서류철을 펴들
다가 갈증이 나는 표정이 되어 원피스 속으로 들락날락하는 여
자의 매니큐어가 발라진 손을 보았다. 그것은 마치 사우나탕에
서 뜨거운 수증기 속에 몸을 담그고 고개만 내민, 소갈머리 없
이 배부른 친구가 서비스걸의 탐스런 육체를 보며 입맛을 당기
는 풍경과 흡사했다.

빨간 원피스는 집중된 시선을 의식적으로 무시하며 의자 모
서리에 팔을 올리고 비스듬히 기댔다. 제복이 음흉하게 미소 지
으면서 빨간 원피스에게 말을 걸었다. 함지박과 달리 제복은 빨
간 원피스를 부드럽게 다룰 모양이었다.

"도로에서 싸우고 있음 어떻게 해!"

"흥, 있잖아요……"

기다렸다는 듯이 빨간 원피스는 함께 들어선 더벅머리의 청년을 향해 고개를 돌렸다.

"도로를 건너는데 저 자식이 내 팔을 탁 끼지 않겠어요. 대낮에 얼굴도 벌겋게 해가지고. 아유, 징그러워……"

그녀는 징그럽다는 것을 실증해 보이려는 듯, 상체를 유연하게 흔들었다.

"허엇, 말이 많은 창녀로군."

'더벅머리'는 웃었다. 습기 찬 지하실을 울려나오는 것처럼 음울한 웃음소리였다. 장발 자체가 범죄인 세상이었다. 더벅머리는 여자와 싸우지 않았더라도 장발로 붙잡혀 호송버스에 태워졌을 가능성이 많았다.

"저 자식이, 창녀가 무슨 저희 집 강아지 이름인 줄 아나?"

빨간 원피스가 더벅머리를 향해 핸드백을 휘둘렀다. 더벅머리가 그것을 피해 가볍게 빈자리에 앉았다. 눈빛은 형형했으나 더벅머리는 소년처럼 왜소한 체구를 갖고 있었다.

"창녀가 아니면, 너는 소매치기야."

"뭐라고?"

"스무 해 동안 본의 아니게 간직되어온 내 순결을 소매치기하려던 여자. 흐흐흐……"

더벅머리는 과장된 몸짓을 지어 보였다. 제복은 이 싸움에 상당히 관용을 베풀 작정인지 두터운 턱을 당겨 헤프게 미소 짓고 있었다.

"나는 경우에 따라서⋯⋯"

표독하게 노려보는 빨간 원피스를 향해 서서 더벅머리는 여유만만, 혀를 낼름해 보였다. 책과 노트를 옆구리에 끼고 있는 게 아마도 문학이나 철학을 전공하는 대학생인 것 같았다. 제멋대로 헝클어져 내려온 머리칼이 그의 야윈 이마와 잘 어울렸다.

"너의 참담한 생활을 위하여 원고지를 살 몇 푼의 돈에다가 이 가당찮은 순결까지도 붙여줄 수는 있지. 그러나 더러워! 치사해! 내 눈엔 너를 거리로 내몬 개 같은 현실이 환히 보이거든. 넌 모르는 네 현실 너머의 구조까지도!"

조금 취했는지, 더벅머리는 연극배우 같은 제스처와 말투를 썼다. 그러나 더벅머리의 어조에는 알 수 없는 어떤 울림이 있었다. 버스 속의 분위기가 더벅머리의 외침에 움찔하는 듯했다. 물론 그것에 대꾸하는 사람은 아무도 없었다. 부르릉 하는 버스의 진동이 이상할 만큼 전신 깊숙이 감겨와서 나는 짐짓 눈을 감았다.

돌연 콧마루가 시큰해왔다.

아침에 석상처럼 대문간에 서 있던 아내의 남산만한 배가 떠올랐다. 결혼하고 오 년 동안을 한결같이 착하게만 살아온 순종적인 아내였다. 그런 아내의 몸가짐은 어려운 살림을 그저 운명이거니 하고 받아들이는 체념에서 비롯되었을 것이었다. 사무실 낡은 의자에 앉아서도 배가 더 무겁다면서 살며시 고개를 숙이던 아내의 파리한 귓불이 자꾸 생각났다. 날씨는 찌는 듯이 더웠다. 낡은 선풍기는 책상 위의 종이 한 장도 움직이지 못할 만큼 털털거리는 소리만 낼 뿐이었고, 열어둔 문에서도 바람 한 점 들어오지 않았다.

"큰일났어요. 애기가 거꾸로 있는 모양이에요. 조산원을 대든지 산부인과를 가든지 해야지, 가뜩이나 쇠약한 애기 어멈이 지금 다 죽어간다우!"

통통 부어버린 자장면 한 그릇을 먹고 나자 기어이 한집에 세든 여산댁의 호들갑스러운 말씨가 전화통에서 쾅쾅 울려왔다. 병원에 가려면 돈이 필요했다. 땀은 삐질삐질 솟는데 엉뚱하게 등골은 시리고 시렸다. 가불이야 틀린 게 뻔하고, 돈을 빌려달랄 만한 사람도 전무했다. 형님 집으로 먼저 뛰었다. 눈꼴사나운 형수의 잔소리를 들어가며 겨우 돈 만원을 마련했다. 산부인과에서 만원만으로 아내를 받아줄지는 미지수였다. 육교를 두고

도 허둥지둥 도로를 무단횡단한 건 그런저런 초조함 때문이었다. 나를 붙잡은 순경은 아내가 애를 낳으려고 한다는 내 말에 아무런 대꾸도 하지 않았다.

아내는 유난히 몸이 약했다. 감기에 걸려도 한 달씩 앓는 몸이었다. 거꾸로 서서 버둥거리는 아기 때문에 아내는 벌써 죽어가고 있는지 몰랐다. 아니 아내는 어쩜 이미 죽은 게 아닐까. 시뻘겋게 피를 뒤집어쓰고, 그 잘나지 못하여 슬픈 여보를 부르며, 허공을 움켜쥐다가 자지러들고 말았을 아내가 떠오르자 가슴속에서 핏덩어리 같은 것이 목울대로 쑥 올라왔다. 아내에게 가야 해. 나는 반사적으로 자리에서 벌떡 일어섰다. 더벅머리를 향해 있던 제복의 시선이 냉큼 내게로 옮겨왔다.

"당신, 뭐얏!"

제복은 쩽, 소리 질렀다. 더벅머리의 말에 기분이 상했었는지도 몰랐다. 낯선 제복의 눈빛에 부딪쳐 나는 본능적으로 시선을 내리깔았다.

"아…… 아닙니다."

나는 순식간에 기가 죽었다.

"그럼 왜 일어서서 노려보는 거야?"

"저…… 사실은…… 문을 좀 열어놓았으면 해서……"

얼결에 나온 말인데 말해놓고 나니 새삼 가슴이 뛰기 시작했다. 내가 태워지기 이전부터 버스의 창문이 모조리 닫혀 있었다는 사실을 비로소 선연히 깨달은 순간이기도 했다. 버스 속이 견딜 수 없을 정도의 찜통이 된 건 무엇보다 버스의 창이 단단히 닫혀져 있기 때문이었다.

"그러네 참! 맞아요! 문 좀 엽시다!"

내 말을 받아준 것은 더벅머리였다. 생기 어린 더벅머리의 목소리가 순간 끈적끈적한 버스 속 공기를 왈칵 흔드는 느낌이었다. 사람들이 술렁거리기 시작했다. 권태와 무기력이 깔려 있던 사람들의 눈빛이 반짝, 살아나고 있었다. 나는 예상하지 못했던 분위기에 고무되어 숙였던 고개를 다시 들어올렸다.

그렇다, 라고 나는 생각했다. 제복도 다른 사람과 마찬가지로 더울 게 틀림없었다. 문이 닫힌 사실을 깜박 잊고 있었을 뿐이지, 도대체 이런 여름날 창을 모조리 닫아야 할 까닭이 있을 리 만무하지 않은가. 당신 생긴 것보다는 제법이군. 제복은 이렇게 말하며 웃을지도 몰랐다.

그러나 사태는 전혀 다른 방향으로 비약했다. 화가 난 듯 벌겋게 달아오른 제복이 나를 노려보다가 재빨리 다가와 나의 멱살을 잡아 탁 낚아챈 것이었다. 강력한 힘이었다. 나는 공포에

질려 황급히 눈뚜껑을 닫고 목을 깊이 움츠렸다.

"당신, 악질이군."

제복의 손가락들이 목을 거칠게 파고들었다.

"뭐, 문 좀 열자고…… 당신만 더운 줄 아나. 나도 덥지만 참는
거야. 바로 당신처럼 창으로라도 달아날 궁리를 하는 악질 반동
때문이야. 딱지를 뗀 당신이 달아나면 재판은 누가 받고 벌금은
누가 내나? 나보고 벌금까지 대신 지불해달라 이건가?"

씨근대는 제복의 숨소리로 보아 그는 정말 나를 즉결처형해
도 좋을 반동으로 간주한 것임에 틀림없었다. 더구나 제복의 우
렁찬 말씨가 버스 속을 얼마나 힘있게 울려대는지 사람들은 감
동이라도 받은 듯한 표정이 되어 일제히 숨을 죽였다. 아무도
제복의 시선을 마주보지 못했다. 나는 속수무책으로 악질반동
이 되었다. 제복은 나의 등덜미를 강압적으로 눌러 앉히고, 이
미 무기력한 불안감으로 되돌아간 사람들을 향해 이번엔 자못
장중한 어조로 말의 아퀴를 지었다.

"조금 더워도 참는 거요. 당신들은 법을 위반했지만 나는 그
렇지도 않으면서 참고 있소. 더구나 이미 당신들에게 떼어진 이
딱지는 일련번호가 매겨져 있어서 숫자가 모자라면 내가 곤란
해지오. 즉결재판소에 갈 때까진 절대로 창문을 열 수 없소!"

제복의 위압적인 선언에 모두가 끝까지 숨을 죽인 것은 아니었다. 반기를 든 것은 더벅머리였다. 연극 대사를 외는 듯한 더벅머리의 말이 침묵의 공간에서 솟아올랐다.

"법이 딱지로만 처리될 수는 없습니다. 우리들은 일련번호로 떼어진 딱지의 숫자가 아니라 주어진 환경 속에서는 더위를 피할 권리도 있는 하나의 인간입니다. 문을……"

"시끄러워, 인마!"

내 멱살을 놓은 제복의 손이 이번에는 더벅머리의 머리채를 움켜쥐었다. 더벅머리의 몸이 제복의 팔 힘에 끌려 위로 올라왔다. 제복의 손목에 퍼렇게 힘줄이 불거져나온 것을 나는 보았다. 그리고 다음 순간 더벅머리의 몸이 의자와 의자 사이로 내동댕이쳐졌다.

"말도…… 안 되나요……"

내동댕이쳐진 더벅머리의 말소리에 울음이 배어나왔다.

"어째서…… 우리가 이 무더위를 견뎌야 하는지…… 말할 수도…… 없는 건가요……"

입술이라도 찢어졌는지 더벅머리의 입에 피가 번지고 있었다. 말소리조차 웅얼웅얼할 뿐이었다. 제복은 분을 참을 수 없다는 듯 팔을 양쪽으로 벌려 제 가슴의 근육을 울근불근 내보이고

사람들을 둘러보며 말했다.

"대학생 녀석이 대낮부터 술이나 퍼마시고, 이런 놈들이야말로 사회를 좀먹는 불순분자야! 대학생이 무슨 훈장이라도 되는 줄 알고."

버스 속은 다시 조용해졌다. 빌딩의 숲을 뚫고 솟아오른 광고용 애드벌룬이 버스의 달아오른 창에 떠왔다. 햇빛의 살기는 여전히 누그러들 기세가 아니었다. 버스가 을지로6가를 돌아 다시 퇴계로 쪽으로 방향을 바꾸고 있었다. 사람들은 저마다 후줄근한 얼굴로 되돌아갔고, 더벅머리도 별수없이 고개를 떨구었다.

"당신이 걸려들기 전에 어느 구두닦이 하나가 이 창으로 달아났죠. 어떻게 날쌘지 못 잡았어요. 그때부터 저 친구 화가 나서 모조리 창을 닫아걸게 한 거요. 빌어먹을……"

옆자리의 중년 남자가 나직이 속삭였다.

대한극장이 다가오고 있었다. 극장의 정문 이마에서 낯모르는 사내 하나가 권총을 겨누고 나를 바라보았다. "그레이트 갱워" 하고 나는 나직이 그 사내가 밟고 있는 영화 제목을 읽었다. 나는 권총의 총구를 피하려는 듯 목을 깊이 움츠리고 실눈을 떴다.

버스 속은 여전히 가마솥 같았다.

잠시 동안 조용한 침묵이 계속되었다. 절인 배춧잎처럼 풀어진 사람들의 할딱거림만이 버스의 빈자리까지 꽉 차 있었다. 검은 고급 세단 하나가 버스 앞으로 쭉 미끄러져갔다. 머리를 길게 늘어뜨린 젊은 여자가 세단 속에서 환하게 웃고 있었다. 세단의 유리가 약간 푸른색이어서 여자의 자태는 꼭 어항 속에 갇힌 지느러미가 긴 열대어 같았다. 여자의 옆자리엔 등이 굵은 정장의 남자가 앉아 있었는데 고개를 여자에게 돌려 표정은 보이지 않았다. 나는 세단의 뒤 창 의자 꼭대기에 솟은 베개 두 개를 발견하곤 금방 얼굴을 붉혔다. 그들 남녀가 알몸으로 붙어 있는 것 같은 착각을 느꼈기 때문이었다.

"여보시오. 이거 또 도는 거 아닙니까?"

버스가 대한극장을 지나치고 나자 건너편 좌석의 늙수그레한 사내가 조심스럽게 한마디했다. 안경을 쓴 그 사내는 비키니 스타일의 모 여배우가 웃고 있는 주간지 뚜껑으로 이마에 와닿는 햇빛을 가리고 있었다.

"맞습니다, 벌써 세번째 아니오?"

뒤쪽에서 누군가 '안경'의 말을 받았다. 갑자기 또 조금씩 술렁이기 시작했다. 사실 이대로 간다면 버스는 내가 처음 태워졌던 회사 앞을 지나 다시 을지로로, 을지로3, 4, 5, 6가를 지나

다시 또 퇴계로6, 5, 4가를 통과, 이 대한극장 앞으로 다시 돌아올 것이 틀림없었다. 을지로와 퇴계로를 세로줄로 삼은 직사각형의 길을 쫓아 도심을 돌고 도는 셈이었다. 이렇게 같은 코스를 반복한다는 것은 무더위와 무기력으로 지친 사람들을 소금에 절인 배추처럼 질식시키겠다는 것과 다름없었다.

"법도 못 지키는 사람들이 왜 이리 말은 많아!"

기다렸다는 듯이 제복이 성급하게 일어섰다. 비지땀을 흘리고 있기론 제복도 물론 마찬가지였다. 성급하게 일어서느라 몸의 균형을 못 잡고 쭐렁거리는 제복을 붙잡은 것은 빨간 원피스였다.

"어머! 넘어지시겠어요."

호들갑스럽게 웃으며 빨간 원피스가 제복의 손을 잡아주었다. 그녀는 제복의 옆에서 내내 화장을 고치고 있다가 막 핸드백 안에 땀으로 젖은 손수건을 구겨넣던 중이었다.

"하지만 모두 바쁜 사람들뿐이지 않습니까?"

'안경'이 주간지를 이마에서 내리며 불안한 어조로 제복의 말에 반발하고 나섰다.

"당신, 상당히 똑똑해 뵈는데……"

제복은 여유를 가장한 듯 안경에게 턱짓을 하며 히죽 웃었다.

안경이 창밖으로 고개를 돌렸다. 창 너머 도심은 작열하는 햇빛과 매연이 뒤섞여 뿌연 회색빛이었다. 살쾡이처럼 빛나는 눈빛으로 제복이 천천히 버스 안의 사람들을 하나하나 노려보았다.

"에, 여러분이 세금에 너무 인색한 탓으로 경찰버스는 별로 충분하지 못하오. 이 점에 관해서는 본인도 유감이거니와, 이 버스 속의 좌석이 완전히 채워질 때까지는 기다릴 수밖에 없소. 몇 사람만 태우고 즉결재판소까지 갔다가 돌아와서, 또 태워가고, 또 태워가고…… 이 구역에 배당된 버스는 이거 한 대뿐인데, 그렇게 해드릴 수는 없는 일 아니오? 이건 자가용이 아니란 말이오. 알아듣겠소?"

대꾸하는 사람은 더이상 없었다. 자신의 설득에 만족했는지 제복이 어깨를 으쓱해 보이고 침을 흘리면서 내내 잠들어 있는 다른 제복의 옆자리에 털썩 주저앉아버렸다. 안경은 기가 완전히 꺾인 듯 고개를 한껏 숙이고 있었다. 그러나 침묵은 잠깐 동안뿐이었다. 울부짖는 듯한 목소리가 무겁게 가라앉던 분위기를 다시 뒤집었기 때문이었다. 함지박이었다.

"그럼 대체 원제나 보내준대유!"

말끝에 울음이 딸려나왔다. 작업복 앞자락으로 연방 땀과 눈물을 닦아내던 함지박이 두 손을 모으고 비는 시늉을 했다. 원

한다면 당장 버스 바닥에 무릎이라도 꿇을 기세였다.

"지발요, 한 번만 살려주시는 심치고 보내줘유. 어린것이 죽어 갈 턴디유. 한 번만……"

"정말 왜들 이렇게 말썽이야!"

제복의 얼굴이 금방 다시 달아올랐다. 사태가 끝났다고 여기고 제복은 막 건너편에 앉은 빨간 원피스와 음흉한 눈빛을 나누려던 참이었다. 일어서려는 제복의 허리를 다시 붙잡은 것은 빨간 원피스였다.

"아이, 관둬요, 아저씨, 저런 여잔 내버려두는 게 약이에요."

"버려둘 건 너 같은 여자야. 넌 좀 빠져 있어."

더벅머리가 빨간 원피스의 애교로 넘치는 콧소리를 윽박질렀다. 그는 경멸에 가득찬 눈길로 빨간 원피스를 노려보며 입술을 깨물었다.

"저 자식이 또 지랄이야."

"아부로 무장할 필요 없다. 그따위 말투가 너를 버스 밖으로 풀어놔주게 될 줄 아나?"

"너희들은 좀 가만히 있어!"

제복이 빨간 원피스의 팔을 뿌리치며 기어코 일어섰다.

"도대체 아주머니 집이 어디요?"

"금호동인디유."

"주민등록증 있소?"

"없는디유."

"왜 없어?"

제복의 반문은 함지박뿐 아니라 나까지도 당황시켰다. 주민등록증 불소지죄가 범죄인지 아닌지는 확실하지 않았다. 그러나 이곳에서 제복이 죄라면 죄였다. 나는 지갑에 주민등록증이 들어 있는지 없는지를 다급하게 생각하면서 잠깐 몸서리를 쳤다.

한 달쯤 전의 일이었다. 아내가 복통을 일으켜 차도까지 약을 사러 나온 일이 있었다. 급한 마음에 소화제 봉지를 사들고 자정이 가까운 종점 골목을 뛰었다. 가로등도 없는 골목을 막 휘돌아 서려는데 공교롭게도 순찰중인 순경과 정면으로 맞부딪쳤다. 눈에서 불똥이 튀긴 것과 창그랑 하며 약병이 나뒹굴어 깨진 건 거의 동시였다. 머리를 감싸쥐고 쓰러져 있던 순경이 소리쳤다. "뭐야, 당신 신분증 있어?" 내가 얼결에 고개를 좌우로 흔들자 순경이 악에 받친 소리로 또 물었다. "왜 없어?" 약을 사러 나오는 데도 신분증이 필요한 거냐고 얼결에 반문한 것이 문제가 되었다. 그것이 화근이 되어 끝내 파출소까지 연행되는 봉변을 당했기 때문이었다. 연행 이유는 공무집행방해라고 했다.

"신분증도 없다면 봐주고 싶어도 못 봐줘요. 그러니까 애기나 볼 일이지 뭘 하러 이런 걸 들고 거리에 나와요!"

제복은 '함지박'의 앞에 놓인 함지박을 구두 끝으로 두어 번 툭, 툭, 찼다.

"가난해 쌀이 없으면 사과나 우유를 먹어라 그 말이군요."

더벅머리가 고개를 창밖으로 돌려댄 채 나직하게 조소했다. 제복의 안면이 더벅머리를 향해 험하게 일그러졌으나 말소리는 거기서 끝났다. 제복도 아마 지친 모양이었다. 그는 아마 더벅머리를 철이 덜 든 애송이쯤으로 간주하고 싶은 눈치였다.

을지로로 접어든 버스가 곧 다시 세운상가의 앞으로 다가섰다.

골목마다 사람들의 물결이 더욱 기승을 부리는 것은 퇴근이 가까워진 탓일 것이었다. 현기증이 날 정도로 번득거리던 하늘에 검은 구름이 갑자기 뒤덮이고 있었다. 곧 소나기라도 퍼부을 모양이었다. 더위는 조금도 누그러들지 않았다. 누그러들기는커녕 그것은 가마솥 밑구멍의 연료를 갈아넣은 것과 마찬가지의 효과를 나타냈다. 가만히 앉아 있는데도 등으로 앞가슴으로 땀이 비 오듯 흐르고 있었다.

아무도 잡힌 사람이 없었는지 이번엔 버스가 세운상가 앞을

그냥 지나쳤다. 붙잡힌 경범죄 위반자는 오히려 줄어들어서 빈 좌석은 아직도 많이 남아 남았다. 사람들은 그 빈 좌석이 떠올리는 끈끈한 지겨움 때문에 더욱더 축 늘어져 있었다. 이대로 가다가는 뚝섬의 즉결재판소에 가기 전 질식해 죽을지도 몰랐다.

"아휴, 아저씨. 모자 좀 내려놓으시고 이 수건으로 땀을 닦아내세요."

빨간 원피스의 비음만이 겨우 살아 있었다. 제복이 빨간 원피스가 내미는 손수건을 받았다. 장미가 수놓아진 손수건이었다. 제복은 모처럼 사람 좋은 웃음을 퍼올리며 자신의 가슴에 손을 깊이 넣어 땀을 훔쳐냈다. 지금까지 빨간 원피스의 위태롭게 노출된 가슴 속을 수없이 왕래하던 바로 그 손수건이었다.

"빌어먹을, 담배 한 대 더 빌립시다. 원 눈꼴사나워서 못 보겠네. 빌어먹을……"

옆자리 중년 남자가 낮게 속삭였다. 색 바랜 남방셔츠 칼라에 뿌옇게 비듬이 쏟아져 있는 이 남자는 확실히 빌어먹을 징조가 농후하였다. 나는 또 말없이, 받을 기약도 없는 담배를 남자에게 빌려주었다.

"이거, 형씨한테 미안해서…… 빌어먹을, 우리 저녁에, 즉결 다

녀와서 말이오, 한잔합시다."

자기가 술을 사겠다는 투였지만 나는 남자의 그 말을 도무지 못 믿겠다는 눈으로 담배를 받아가는 때 묻은 손마디를 바라보았다. 막노동으로 다져진 손인 것 같았다. 자디잔 흉터가 많은, 술값은 고사하고 당장에 버스비조차 없을 성싶은 손이었다.

"전에 땅을 한 천여 평 사놨었죠. 강남에 말이오."

나의 눈치를 알아챘는지, 남자는 강남이라는 말에 힘을 주며 힐끗 여자와 수작을 건네고 있는 제복을 노려보았다. 강남이라, 하고 나는 중얼거렸다. 이 친구도 신문을 보긴 보는 모양이네. 강남에 땅을 사둘 위인은 못 돼 보이는데다, 몇 년 전부터 신문이란 신문은 자나 깨나 온통 강남땅 이야기뿐이었으니까. 떼부자와 알거지가 모두 강남에서 나온다고들 했다. 개발되는 곳마다 돈뭉치가 굴러다닌다는 소문을 남자도 들은 눈치였다.

절박한 울음소리가 들린 것은 버스가 을지로에서 다시 퇴계로 쪽으로 방향을 바꾼 다음이었다. 나는 고개를 돌려 버스 바닥에 철퍼덕 내려앉은 함지박을 바라보았다. 가늘게 시작된 울음소리가 조금씩 고조되기 시작했다. 끝 간 데 없이 밑이 길 것 같은 울음이었다.

"여보 아주머니, 초상이라도 났소?"

제복이 흐물거리는 어투로 말했다. 함지박이 비비적비비적 제복을 향해 앉은 자세로 버스 바닥을 쓸고 나갔다. 다리를 꼬고 앉은 제복이 눈살을 찌푸렸다.

"아이고 나리. 요것이 오늘 번 전부유. 벌금은 낼 팅게 지발 사람만 좀 보내줘유. 어린 게 불쌍혀서…… 어린것이……"

함지박이 한 손으로 코를 팽 풀어 작업복 앞자락에 닦았다.

낡은 지폐와 동전들이 함지박의 다른 손에 쥐어져 있었다. 나는 심한 갈증을 느꼈다. 아니 통증이었다. 짜르르 하는 통증이 가슴에서 시작해 전신을 헤집듯이 퍼져나가고 있었다. 지난주던가, 교통비도 떨어져 걸어갈 셈으로 집을 나서는 내게, 아내가 부엌 구석의 옹기그릇에 비축秘蓄했던 꾀죄죄한 동전들을 들고 와 쥐여주었을 때 만났던 바로 그 통증이었다.

"글쎄, 그렇게 아주머니 입장만 봐줄 수는 없어."

"집엔 어린것뿐유. 간신히 재워놓고 나왔는디……"

버스 바닥에 무릎 꿇고 앉은 함지박이 두 손을 모으며 머리를 조아렸다. 깊은 절망과 질기게 터져나오는 오열 때문에 함지박은 곧 실신해 쓰러질 것 같았다.

"애들, 쉽게 안 죽어요, 아줌마! 그렇죠, 아저씨!"

루주를 고쳐 바르려던 빨간 원피스가 한마디했다.

"허헛, 그럼 아가씨도 혹시 애 엄마?"

"어머머! 애기는 무슨…… 참, 아저씨는 농담도 잘하셔."

"이거 사람 미치겠군."

제복은 무엇이 미치겠다는 것인지 비만한 체구를 앞뒤로 흔들며 한참이나 킬킬거렸다. 울기에도 지쳤는지 함지박은 버스 바닥에 앉은 채 무릎 사이로 얼굴을 묻고 있었다. 지친 것으론 버스 속의 모든 사람이 다 마찬가지였다. 기운이 남아 있는 건 그나마 제복과 빨간 원피스뿐이었다.

"여보슈, 경찰 아저씨!"

큰 소리로 제복을 부르고 다시 일어선 것은 더벅머리였다. 울었던 것일까, 더벅머리의 눈가도 물기에 젖은 듯 보였다. 더벅머리는 목이 메는지 제복을 불러놓고 잠시 혀를 꺼내 제 입술에 침을 묻혔다. 사람들이 안 보는 듯 더벅머리를 보고 있었다.

"잠수함 이야기를 아시오? 옛날의 잠수함은 어떻게 함 내의 공기 중에서 산소 포함량을 진단해냈는지……"

신기한 질문을 어린 학생들에게 던져놓은 선생 같은, 장난기 어린 미소가 더벅머리의 파리한 입술에 떠올랐다. 옆자리의 중년 남자는 잠들어 있었다.

"토끼를 태웠답니다. 그래서 토끼의 호흡이 정상에서 벗어날

때부터 여섯 시간을 최후의 시간으로 삼았지요. 말하자면 토끼가 허덕거리기 시작하여 여섯 시간 후엔 모두 질식하여 죽게 되는 거요. 그 최후의 여섯 시간 동안 어떠한 조치도 취하지 않는다면 끝장이란 말이오. 아시겠습니까? 지금은 정확히 말해 토끼가 허덕거리고 다섯 시간째요. 자, 최후의 한 시간이 남았소, 어떻게 하시겠소?"

"너 지금, 누구 약을 올려!"

제복의 눈꼬리가 위로 치켜올라갔다. 제복도 지친 눈치였다. 벌떡 일어나 더벅머리의 멱살을 잡을 일인데 제복은 그러나 앉은 채 더벅머리의 시선만을 눈싸움하듯 마주보고 있었다. 나는 계속해 갈증을 느꼈다. 물을 마시지 않으면 목이 타버릴 것 같은 극심한 갈증이었다.

"히잇, 모를 거요. 당신은 그 최후의 여섯 시간이 완전히 갈 때까지 아무것도 모르고 있을 어리석은 함장이오."

더벅머리가 히죽거리고 웃었다.

"이 새끼가 정말!"

참다못한 제복이 드디어 불끈 일어섰다. 바로 그 순간 삐이익 하며 차가 멎었다. 중심을 잃은 제복의 손을 이번에도 빨간 원피스가 잽싸게 붙잡았다. 비뇨기과 간판이 걸린 네거리 앞에서

버스가 신호등에 걸려 급정거한 것이었다.

키가 훌쩍 큰 흑인 GI 곁을 슬프도록 조그마한 여자가 노란 얼굴을 달고 종종걸음을 치며 버스 앞을 지나고 있었다. 그 너머로, 대기해 있던 다른 방향의 택시, 버스, 자가용, 트럭, 또 택시, 버스, 삼륜차 행렬이 신호를 받아 도로를 바쁘게 가로질러 가기 시작했다. 도시의 한쪽이 순식간에 무너져 모든 것이 한쪽으로 아우성하며 곤두박질하는 것 같았다. 네거리 중앙에 서서 손짓하는 교통순경의 모습이 흡사 마네킹처럼 보였다. 제복은 종일 똑같은 손짓만 되풀이했을 버스 밖의 교통순경과 손을 맞들어 인사를 나눴다.

이윽고 신호등이 파란불로 바뀌어졌다.

가로질러가던 차의 행렬이 노란 택시의 꽁무니를 마지막으로 끝나자 덜커덩 하고 버스가 출발하였다. 바로 이때였다. 악착같이 달려들어 사람들의 목을 감아쥐던 무더위를 당장 뿌리칠만한 놀라운 일이 버스의 출입구에서 일어났다. 출입구 바닥에 앉아 있던 함지박이 출발하는 순간 버스의 문을 열어젖뜨리고 총알처럼 인도로 뛰어내린 것이었다. 뛰어내린 관성으로 넘어질 뻔했던 함지박이 간신히 몸을 추스르고 사람들 사이로 아슬아슬 내닫는 게 창 너머로 보였다.

"오, 영광스러운 탈출이여!"

제복이 출입구에 매달린 것과 더벅머리가 손뼉을 치며 환성을 올린 것은 거의 같은 순간이었다. 박수를 치고 싶은 걸 참느라 내 손등에도 핏줄이 불거져나왔다. 버스는 뒤에서 밀어닥치는 차의 물결 때문에 멈추지 못하고 그대로 네거리를 지나가고 있었다. 훵하게 열려진 출입구 손잡이를 잡고 함지박을 내다보는 제복의 눈초리에 확 살기가 솟아나왔다. 함지박은 이미 사람들에게 가려 보이지 않았다.

네거리를 건넌 버스가 인도로 붙여져 멎었다.

제복은 이제까지 등받이에 기대고 잠 속에 떨어져 있던 깡마른 다른 제복을 깨워 수위병처럼 출입구에 세워두고 민첩하게 뛰어내렸다. 화가 나서 씨근대는 듯했으나 그의 몸짓에선 굶주린 맹수가 먹잇감을 발견해냈을 때처럼 강력한 활기가 풍겨나왔다. 그는 놀랍게 빠른 속도로 횡단보도를 건너갔다.

나는 마른 침을 꼴딱 삼켰다.

긴장된 순간이 지나갔다. 그러나 신호가 다시 한번 바뀌고 났을 때 사람들 사이에서 가벼운 신음 소리가 터졌다. 네거리 중앙에 서 있던 교통순경과 제복이 휘청거리는 함지박의 좌우 팔을 틀어쥐고 횡단보도 앞에 다시 나타났기 때문이었다. 교통순

경이 한발 앞장서 쫓아가 함지박을 붙잡았던가 보았다.

"누굴 죽일 셈이야!"

횡단보도를 건너온 제복이 함지박의 등덜미를 버스의 안으로 거칠게 밀어붙이며 씹어뱉었다. 함지박이 출입구 계단에 걸려 바닥에 손을 짚고 넘어졌다. 더벅머리가 함지박을 부축해 일으켰다. 졸다가 잠깐 눈을 떴던 옆자리 중년 남자가 들릴락 말락 한 소리로 "씨팔……" 하고 중얼거린 뒤 다시 눈을 감았다.

"잘못했유. 지발이지 한 번만……"

"곱게 앉았음 곧 돌아가게 될 텐데 왜 이렇게 속을 썩이는 거야!"

함지박이 훌쩍훌쩍 또 울기 시작했다. 버스는 단단히 출입구를 닫고 다시 그곳을 떠났다. 제복은 출입문에 등을 기대고 서서 기세등등, 사람들 하나하나를 샅샅이 훑어보았다. 자, 누구든지 도망가보아라. 제복의 눈빛엔 그런 결의가 담겨져 있었다. 사람들은 제복의 살기 띤 시선을 피해 찔끔 눈동자를 내리깔았다.

"여보슈. 경찰버스는 아무 곳에나 정차해도 도로교통법에 안 걸리는 거요?"

역시 더벅머리였다. 그만이 제복의 시선을 두려움 없이 당당

히 마주받고 있었다. 몇 번째일까, 버스는 다시 퇴계로 쪽으로
방향을 틀고 있는 중이었다.

"야, 이 새꺄!"

제복이 앙칼지게 소리쳤다.

"너무 새끼 새끼 마시오. 누군 처음부터 에미였나요."

"이 새끼가!"

내가 고개를 돌렸을 때 제복은 이미 더벅머리의 목을 움켜쥐
고 일으켜 세운 다음이었다. 아니 움켜쥐었다기보다 더벅머리의
몸 전체가 제복의 손목에 대롱대롱 매달려 있었다. 더벅머리의
목울대와 제복의 손등에 툭툭 불거져나오는 핏줄을 나는 보았
다. 더벅머리는 그러나 여전히 여유 있는 표정이었다. 제복을 빤
히 바라보던 더벅머리가 먼저 히잇, 하고 웃었다.

"이게 누굴 비웃어!"

제복의 주먹이 곧장 더벅머리의 얼굴을 향해 날았다. 더벅머
리는 너무도 작고 가냘픈 몸매를 하고 있었다. 기우뚱거릴 사이
도 없이 의자와 의자 사이의 좁은 공간으로 더벅머리의 몸이 거
칠게 쑤셔박혔다. 코피가 터졌는지 더벅머리의 입가가 곧 피로
물들었다.

"으흐흐…… 견딜 수가 없어!"

비틀거리면서 일어난 더벅머리가 울부짖었다.

"숨 막히는…… 감옥에 갇혀…… 모두…… 허덕이고만 있어. 깨뜨려야 하는데…… 흐흑……"

더벅머리가 버스의 유리창을 주먹으로 힘껏 쳤다. 유리창은 끄덕도 하지 않았다. 더벅머리의 발작에 제복은 어찌할 바를 몰라 잠시 멍한 표정을 지었다. 그 틈을 타서 이번엔 함지박이 안고 있는 함지박에서 무언가를 집어든 더벅머리의 손이 다시 유리창을 강타했다. 챙그렁, 날카로운 소리와 함께 더벅머리의 손목에서 피가 튀었다. 한 줄기 시원한 바람이 깨어진 창을 통해 휘익 들어왔다. 그것은 놀라울 정도로 신선한 바람이었다.

"그래요. 창을 열어야 해!"

"맞아! 맞아! 이대로 있으면…… 우리 모두 질식해 죽을 거야!"

먼저 소리친 것은 '안경'이었고, 안경의 말을 다른 누가 받았다. 누가 먼저랄 것도 없이 자리에서 일어선 사람들 때문에 버스 속은 돌연 아수라장이 되었다. 창문만 열어놓으면 살겠다는 듯이 사람들은 일제히 창에 매달렸다. 열리지 않으면 머리로 받아서라도 유리창을 모조리 깨뜨릴 기세였다. 요란한 금속성과 함께 버스가 급정거한 것이 바로 그 순간이었다. 창을 붙잡고

있던 사람들이 서로 뒤엉키면서 일제히 나뒹군 것과 경악에 찬 비명 소리가 들려온 것은 거의 동시였다.

"사람이 치었다!"

"여자다! 애기도 죽었다. 저 피!"

아기를 안고 파란 신호등을 보고 횡단보도를 건너던 젊은 여자가 호송버스에 친 것이었다. 제복이 후닥닥 버스 문을 열고 가로로 뛰어나갔다. 엄마의 품에서 내동댕이쳐진 아기가 햇빛에 녹아든 아스팔트 한복판에서 꿈틀거리고 있었다. 쇠몽둥이로 뒤통수를 얻어맞은 것처럼 눈앞이 아찔해왔다. 도대체 나는 뭘 하고 있단 말인가. 나는 소리 없이 소리쳤다. 아내는 거꾸로 서서 버둥대는 아기 때문에 사지가 찢겨 죽어가고 있는지도 모른다. 아니 어쩌면 아내는 이미 시뻘겋게 피를 뒤집어쓰고 죽었을 것이다. 아내에게 가야 한다! 나는 사람들이 몰려들어 아우성치는 출입구를 향해 필사적으로 기어나가기 시작했다.

후드드득, 마침내 굵은 빗방울이 쏟아졌다.

韓国文学ショートショート
きむ ふな セレクション 12
うさぎと潜水艦

2020 年 7 月 31 日　初版第 1 版発行

〔著者〕朴範信（パク・ポムシン）

〔訳者〕齋藤日奈

〔編集〕藤井久子

〔校正〕河井佳

〔ブックデザイン〕鈴木千佳子

〔ＤＴＰ〕山口良二

〔印刷〕大日本印刷株式会社

〔発行人〕　永田金司　金承福

〔発行所〕　株式会社クオン

〒101-0051　東京都千代田区神田神保町 1-7-3 三光堂ビル 3 階

電話 03-5244-5426　FAX 03-5244-5428　URL http://www.cuon.jp/